La loutre blanche

Dans la collection Chat de gouttière

La loutre blanche

roman

Julien Lambert

SOULIÈRES ÉDITEUR

case postale 36563 — 598, rue Victoria,
Saint-Lambert, Québec J4P 3S8

Soulières éditeur remercie la Sodec pour son appui
financier accordé en vertu du programme d'aide aux
entreprises du livre et de l'édition spécialisée.

Dépôt légal: 1997
Bibliothèque nationale du Canada
Bibliothèque nationale du Québec

Données de catalogage avant publication (Canada)

Lambert, Julien

La loutre blanche: roman

(Collection Chat de gouttière; 2).
Pour les jeunes de 9 à 11 ans.

ISBN 2-922225-05-4

I. Titre. II. Collection.

PS8573.A42L68 1997 jC843'.54 C97-940634-X
PS9573.A42L68 1997
PZ23.L35Lo 1997

Illustration de la couverture
et illustrations intérieures:
Sébastien de Grand'maison

Conception graphique de la couverture:
Andréa Joseph

Logo de la collection:
Dominique Jolin

*À Marie D.
et à Grégoire H.*

UNE MINUTE. VIDE-MOI CES DEUX BOÎTES ET APRÈS TU POURRAS Y ALLER. OK? FAUT QUE JE RANGE SI ON VEUT AVOIR UNE PLACE OÙ MANGER CE SOIR.

ICI, C'EST PAS COMME À SAINT-BRUNO, LA BANLIEUE TRANQUILLE, IL FAUT UN PEU FAIRE ATTENTION.

À QUOI?

À... À... IL Y A DU DRÔLE DE MONDE QUI CIRCULE PAR ICI. DES TOURISTES ENTRE AUTRES. ET IL Y A DE PETITES RUES NOIRES QUI VONT VERS LE VIEUX-PORT OÙ J'AIME MIEUX QUE TU N'AILLES PAS LE SOIR.

MAIS TU VAS VOIR, TU VAS APPRENDRE PLEIN DE CHOSES DANS LE VIEUX... LA VILLE A PRIS RACINE ICI MÊME, GRÉGOIRE.

DE LA FENÊTRE DE MA CHAMBRE JE VOIS L'ARRIÈRE D'UN CAFÉ OU D'UN BAR.

JE PENSE BIEN! C'EST LA BOÎTE DE JAZZ LA PLUS EN VUE À MONTRÉAL!

L'ÉTÉ, AVEC LES FENÊTRES OUVERTES, TU AURAS DES CONCERTS GRATUITS!

BON! J'AI FINI! JE VAIS Y ALLER MAINTENANT... JUSTE FAIRE UN PETIT TOUR.

Murmures

Lentement Grégoire apprivoise son petit coin du monde. Il s'est découvert un goût pour la marche et c'est ainsi qu'il arpente les rues. Le jour, il croise une foule animée qu'il essaye d'identifier. Avocats, juges autour du Palais de justice; les employés de l'hôtel de ville et les commis de banques constituent le gros des travailleurs. Puis, il y a ceux que déversent les grands autobus sur la place d'Armes: les touristes. Tous ces gens constituent une faune assez bigarrée qui rend la vie du quartier très animée.

Mais à cinq heures, quand on ferme les bureaux, l'allure trépidante se calme et la grisaille des murs anciens réapparaît.

Grégoire se rend compte, au fil des jours, qu'il règne dans le *Vieux* une atmosphère indéfinissable. Il sent que les vieilles églises, les murs austères et les courettes cachées donnent le sentiment qu'une communauté bien vivante a jeté là, il y a très longtemps, les bases d'une cité devenue immense. Et puis, il y a le fleuve tout au bout de la rue. Le fleuve qu'on ne voit pas vraiment mais qu'on imagine, surtout quand on entend résonner les sirènes des bateaux dans le port.

À vrai dire, Grégoire n'avait pas prévu que la ville lui ferait cet effet. Malgré les mises en garde de Pauline, il a sillonné pas mal de rues et repéré, grâce aux enseignes, les endroits où l'on joue de la musique. Il croise presque tous les soirs un gars qui trimballe une énorme boîte noire et qui entre dans un bar voisin. Il n'ose pas l'aborder, mais sa silhouette lui est devenue familière et il risque parfois un petit salut. Un jour, il se dit qu'il vaincra sa gêne pour lui parler.

Pauline a entrepris avec enthousiasme de parfaire son éducation artistique. C'est sa marotte; aussi traîne-t-elle son fils à toutes les expositions des musées et à tous les concerts donnés dans les vieilles églises. Grégoire la laisse faire, sans trop protester.

Un soir, il y a un concert Mozart à l'église Notre-Dame. Grégoire, qui a consenti pour l'occasion à retirer les écouteurs de ses oreilles, se dirige avec sa mère vers la place d'Armes. Il écoute distraitement les sons de la ville. Un cheval hennit, une voiture freine à un feu rouge.

Tout à coup, près de l'abribus, il reconnaît la dame qu'il avait prise pour une *robineuse* le jour de son déménagement. Elle discute ferme avec un cocher qui attend le client.

Grégoire l'observe discrètement sans se faire remarquer de sa mère. Sur le parvis, une foule attend d'entrer. Pauline sursaute et s'écrie:

— Hé! C'est Suzanne et Denis! nos anciens voisins!

Et elle vole vers le couple.

Grégoire attend que sa mère épuise ses élans d'amitié en examinant distraitement les cochers. Puis, il fait le tour de la place. Il s'appuie contre le vieux mur et, soudain, il se met à entendre des bruits. Étonné, il pose son oreille directement sur les pierres et distingue un flot de mots prononcés d'une voix lointaine, très lointaine:

«Mishtuk... foire.... ushikai... beaver pelts... uapantshuk... uapantshuk... and otter... more pelts... the gentlemen...»

— Ah! s'étonne Grégoire, il doit y avoir un tunnel du métro qui passe en dessous! On entend les voyageurs jusqu'ici. C'est drôle, les langues sont toutes mélangées!

Il examine les alentours à la recherche d'une grille dans le ciment du trottoir, mais il ne voit rien, rien qu'un mur de pierres grises et un bâtiment au fond d'une cour où de pauvres brins d'herbe arrivent à pousser. «C'est curieux», songe Grégoire.

Il colle à nouveau son oreille sur les pierres et écoute avec encore plus d'attention. Des mots, des phrases hachées lui arrivent par bouffées:

«uapantshuk... alliance... dans le mur... arriving today... guerre»

Bientôt Grégoire s'inquiète:

— La guerre? qu'est-ce que ces discours? Est-ce que j'aurais développé une maladie de l'ouïe à force d'écouter la musique trop fort? Mes oreilles vont-elles me transmettre dorénavant les bruits que font les ailes de mouches en vibrant et le son du vent sur les poils de la queue d'un chat? Ah! la, la!

Et il se souvient tout à coup de la dame qui avait l'oreille collée au mur et qui riait.

— Vite, Grégoire, lance Pauline qui gesticule sur le parvis de l'église, le concert va bientôt commencer!

Grégoire quitte le mur à regret, rejoint sa mère en vitesse et entre dans l'église. Tout au long du concert, il se pose des questions: «les otites de mon enfance me reprennent-elles ou est-ce que j'ai vraiment entendu des paroles jaillir du mur?»

Des voix dans le mur

Avant de s'endormir, Grégoire s'interroge à propos des bruits étranges qu'il a entendus, le soir, auprès du mur de pierres. Il élabore toutes sortes d'hypothèses. «Il y a peut-être, dans ces vieux murs, des émetteurs qui captent des messages secrets? Et si, dans la cour fermée, il y avait un centre d'espionnage?»

Grégoire finit par s'endormir. Mais le matin, aussitôt réveillé, il quitte la maison sans faire de bruit, car ses interrogations lui reviennent en mémoire dès qu'il ouvre les yeux.

Et pour une fois, il n'a pas ses écouteurs vissés aux oreilles!

La ville sort à peine de sa torpeur et dans les rues, il y a peu de monde. Sur la rue Saint-Paul, Grégoire se hâte; il remonte la rue Saint-François-Xavier frôlant, sans les regarder, quelques passants pressés. En tournant le coin de la rue Notre-Dame, il constate avec joie qu'il n'y a personne dans l'abribus ou sur le trottoir. Personne qui viendra le déranger ou lui poser des questions embêtantes.

Grégoire retrouve le lieu où il s'était arrêté la veille. Il en inspecte minutieusement les abords, examine la grille qui ferme l'entrée de la cour et le trottoir en tentant d'y repérer quelque chose qui signalerait la présence d'une cachette, n'importe quoi. Il n'y a rien qui attire son attention. Alors, il colle son oreille sur la pierre, le cœur battant, prêt à tout.

«Uapantshuk... pour le roi... a precious pelt... utshimau... la paix.. liance».

— Ils sont encore là! Il doit y avoir un abri dans le mur! répète Grégoire. Quelqu'un doit être caché là. Plusieurs personnes... pour qu'elles se parlent ensemble... Mais quels sont ces mots étranges?

Grégoire est de plus en plus intrigué. Il se déplace et pose son oreille à plusieurs endroits contre le mur.

Des mots lui parviennent qui se télescopent les uns les autres et ressemblent à un murmure informe, un méli-mélo de paroles incompréhensibles rehaussées d'éclats de voix. Grégoire n'arrive pas à comprendre d'où ils viennent. Et si c'était un système d'écoute électronique mis en place par la police? Il décide d'en avoir le cœur net. Avec un clou qui traînait dans la poche de son blouson, il se met à gratter le mortier entre les pierres à la recherche d'un réseau de fils.

Et tout à coup, il entend des pas s'approcher de lui. Vivement, il se retourne, en cachant le clou qu'il tient à la main. Et devant lui, toute souriante, se tient la *robineuse* qu'il avait déjà remarquée. Elle est toujours vêtue de son vieux manteau et de son fichu. Elle le regarde. Grégoire se demande si elle va lui quémander quelque chose à boire.

— Tu as entendu les voix, toi aussi? demande-t-elle en souriant.

Grégoire ne sait pas quoi répondre. Son cœur bat très fort.

«Comment ça, toi aussi? pense-t-il. Est-ce que cette personne à qui il est défendu de parler est déjà au courant de ma découverte?

Avant que Grégoire ait repris son aplomb, elle murmure tout bas:

— Le savais-tu que les murs anciens gardent les voix emprisonnées? Ces mots-là sont très vieux, tu sais...

— Quoi? Des voix emprisonnées? bafouille Grégoire saisi de surprise.

— Ben oui, les voix que tu entends viennent de gens qui vivaient aux alentours autrefois; ça doit faire très très longtemps, dit la femme avec assurance.

— Voulez-vous dire que des mots prononcés autrefois sont restés intacts à l'intérieur...? Voyons, donc, ça ne se peut pas! Les sons ne peuvent pas rester... il aurait fallu...

— Tu as droit à tes opinions, ben sûr, dit la femme avec une légère moue de dépit. Dommage.

Grégoire la regarde et pense à sa mère. C'est vrai que celle qui se tient devant lui est plutôt débraillée et vêtue de façon originale, mais dans son visage ridé deux yeux noirs pétillent de malice. Ses lèvres dessinent un petit sourire. Elle hausse les épaules et continue:

— Tu es nouveau dans le quartier?

— Oui...

— On t'a vu souvent passer avec tes écouteurs sur les oreilles. Pour dire la vérité on pensait...

— Qui ça, on?

— Mes amis et moi, dit-elle en désignant la place d'Armes où on distingue quelques silhouettes assises sur les bancs, on s'intéresse à ces voix d'outre-tombe. Et on avait pensé...

Grégoire reste bouche bée. Il songe que sa mère a peut-être raison de s'inquiéter des rencontres étranges qu'on peut faire en ville.

— ...que tu aurais pu nous aider, continue la femme.

Grégoire regarde la vieille femme encore une fois comme il faut. Il réfléchit à toute vitesse. L'idée de ces voix retrouvées le rend curieux, c'est sûr, même s'il n'y croit pas du tout. Il hésite en jetant un coup d'œil à la place. Deux hommes qui causent sur un banc saluent le cocher qui s'amène avec son cheval.

— Vous voyez, Madame... dit-il, en s'adressant à elle.

— Je m'appelle Marie, fait la femme.

— Marie... je m'y connais un peu en prise de son et en enregistrement et je pense qu'il est impossible que des voix soient...

— Ça fait longtemps qu'on les entend, nous. On a appris beaucoup de choses en les écoutant: c'est comme si on faisait un cours d'histoire de Montréal. Mais il y a des mots bizarres qu'on ne comprend pas. Tu as entendu que ça parle d'une alliance et d'un roi? C'est à cause du traité...

— Quel traité?

— Si on arrivait à débrouiller les voix, on saurait peut-être où est caché le coffret. Si on savait comment faire! soupire Marie.

Grégoire est abasourdi. Tandis que Marie l'observe, il pose à nouveau son oreille sur le mur. Il se concentre, mais les sons qu'il entend sont lointains et diffus. Pourtant, quelques bruits ressemblent vraiment à de vraies paroles même si le sens lui en échappe:

«shipek... haches de guerre... parchemin... ushikai»

«Et si ça se pouvait?» songe Grégoire.

Des coups de klaxon le font sursauter. La ville se réveille et les rues se remplissent de voitures bruyantes.

— Pour entendre, le meilleur temps c'est la nuit, quand il n'y a personne, dit Marie.

Des passants les bousculent, des gens font la queue à l'arrêt d'autobus. Marie ajoute:

— Viens sur la place que je t'explique quelque chose; après tu décideras…

Et Marie entraîne Grégoire sur un banc. Grégoire lorgne aux quatre coins pour voir si sa mère n'est pas apparue sournoisement dans les parages. S'il fallait qu'elle le voie en train de parler à une *robineuse*!

Et voilà que Marie justement plonge la main dans la grande poche de son manteau et en sort une bouteille vide.

«Oh! Oh! pense Grégoire en se rappelant les mises en garde de sa mère, ça va mal tourner.»

Mais elle a autre chose au fond de sa poche qu'elle brandit sous le nez de Grégoire. C'est un petit robinet de cuivre.

— Je me suis demandé, commence Marie, si, avec un petit robinet comme celui-ci qu'on planterait entre les pierres, on ne pourrait pas faire entrer les paroles une à une dans ma bouteille. C'est une méthode un peu vieillotte, mais on fait comme ça quand on distille de l'alcool, alors... qu'est-ce que tu en penses?

Grégoire pense que Marie doit bien avoir cent trois ans pour avoir une idée pareille! Un robinet! Quelle idée saugrenue! Et la bouteille dans sa poche, c'est pour quoi?

— D'où vient ce robinet? demande Grégoire.

— D'une vieille vieille maison qu'on a démolie sur la rue Saint-Paul. Il y avait une distillerie là, autrefois.

— Une distillerie? qu'est-ce que c'est que ça? demande Grégoire.

— Un endroit où on fabrique de l'alcool.

«Oh! oh! pense Grégoire, nous y voilà!»

— C'est pas un robinet qu'il vous faudrait, s'écrie Grégoire après avoir examiné le petit tuyau de cuivre, mais plutôt un spécialiste des enregistrements!

— T'en connais? demande Marie.

Grégoire songe que son système de radio-cassette ne pourrait pas faire l'affaire. Il faudrait quelque chose de plus sophistiqué.

Soudain, une idée surgit dans son esprit.

— Je sais quoi faire! Attendez-moi, je reviens! lance-t-il à Marie et il part comme une flèche.

Ushikai

Grégoire entre dans l'appartement sans faire de bruit pour
ne pas réveiller sa mère. Il se dirige
vers sa chambre sur la pointe des
pieds. Il prend son magnétophone,
un long fil et un microphone, son baladeur et ses écouteurs et il fourre
tout le lot dans son sac à dos. Il reprend le long couloir toujours sur la
pointe des pieds, mais malheur de

malheur! une voix lui parvient de la chambre.

— Grégoire! J'ai besoin de toi aujourd'hui.

«Bon, ça y est, c'est foutu!» pense Grégoire qui a déjà entrouvert la porte de l'appartement.

— Je nous ai inscrits tous les deux à un rallye historique. Ça va être passionnant! continue Pauline, et on peut gagner un voyage à Paris... pour deux!

Pauline apparaît à la porte de sa chambre et Grégoire referme celle de l'entrée.

— Maman, euh... il faut que je sorte... je te promets de revenir dans une demi-heure. C'est super urgent!

— Mais où vas-tu? demande sa mère. Ah! je n'aime pas ça...

Grégoire reprend son élan et dit:

— Je reviens tout de suite. Recouche-toi donc...

— Le rallye débute à onze heures. Pas question de le manquer. Alors reviens à temps.

Ouf! Grégoire dégringole les escaliers et se précipite dehors, son

sac à dos à bout de bras, et voilà qu'il fonce tout droit dans une boîte noire qui résonne avec un grand bruit. Grégoire s'étale par terre.

— Hé! t'es bien pressé! lance le grand gaillard devant lui.

Grégoire est un peu étourdi. Il se relève et voit devant lui le musicien qu'il a croisé tant de fois, qui tient à deux mains son grand étui noir. Le contenu du sac à dos est répandu sur le trottoir. Grégoire se dépêche de tout remettre en place tandis que l'autre le regarde. Pendant quelques instants, il a peur que le musicien soit furieux. Qui sait? Son instrument est peut-être fêlé!

— C'est à cause de petits *slinky* comme toi qu'on protège nos instruments! dit-il en riant. Heureusement que ma boîte est solide.

Soulagé, Grégoire lui présente ses excuses et en profite pour demander:

— C'est quoi, votre instrument?

— Une contrebasse.

— Vous jouez au bar *La fin du jour* n'est-ce pas?

— Bien oui, comment le sais-tu?

— Je vous ai vu entrer et passer souvent ici. J'habite juste en face. J'aimerais ça aller vous entendre...

— T'as qu'à venir! Ah! mais c'est vrai qu'à ton âge, les bars... Tu viendras l'après-midi, quand on répète... Tu demanderas Gus. O.K.? Salut!

— Salut, Gus!

Grégoire reprend son chemin vers la place où l'attend Marie. La ville reprend petit à petit son allure normale avec ses piétons et la circulation. Il faut faire vite avant que les bruits l'empêchent de mener son projet à terme.

Il s'installe sur le trottoir avec l'enregistreuse et en tâtant les pierres bosselées, il trouve une petite fissure dans le mortier. C'est là qu'il glisse son microphone. Il appuie sur le bouton et met sa machine en marche.

Marie demande:

— Tu crois que ça va marcher?

— On verra bien. J'ai mis la puissance au maximum.

Marie et Grégoire attendent, sur le trottoir, que le magnéto accomplisse sa tâche. Mais le vacarme de la rue est de plus en plus fort. Enfin, la cassette est pleine. Grégoire retire le micro et range son appareil.

— Maintenant qu'est-ce qu'on fait? demande Marie.

— On écoute.

— Allons sur la place, on sera plus tranquille.

— Je vais mettre la cassette dans le baladeur; ça ira mieux ainsi.

Marie et Grégoire s'installent sur un banc. Grégoire, les écouteurs sur ses oreilles, insère la cassette dans le baladeur et met le contact. Un flot de bruits et de sons informes lui parviennent, puis on commence à distinguer des mots:

«Vive le roi... des fourrures... la loutre et le castor... pupun...the trade... minishtuk... putai... beautiful pelts... ushikai...»

Grégoire écoute jusqu'à la fin, mais sa déception se lit sur son visage. Ce qu'il entend est un vrai charabia. Impossible de donner un sens à cette suite de mots décousus, certains dans une langue inconnue.

Il retire ses écouteurs et passe le baladeur à Marie. À son tour d'écouter la cassette.

Son visage s'éclaire. Elle sourit. Grégoire s'étonne:

— Ne me dites pas que vous comprenez quelque chose?

— Pas plus qu'avant, répond Marie en faisant signe au cocher de s'approcher. N'oublie pas que nous, ici, on les a entendus plusieurs fois, ces discours. Il y a un mot qui revient tout le temps...

Marie présente le cocher à Grégoire.

— Voici Rodney. Lui aussi, il a entendu, dit Marie en lui tendant le baladeur. Écoute.

Et Rodney écoute à son tour en souriant.

— *Beautiful beaver*... ah! ah!, vous voyez bien que c'est de fourrure qu'il s'agit!

— Mais ça parle aussi du roi! dit Marie.

Grégoire ne comprend plus rien.

— De quoi parlez-vous demande-t-il, irrité.

— Il faudrait en capter encore pour pouvoir bien comprendre où est caché le coffret, dit Rodney.

— Quel coffret? demande Grégoire.

Rodney et Marie se regardent.

— Je te l'ai dit, depuis le temps qu'on a les oreilles collées aux vieux murs, commence Marie…

— On en a appris des choses…, poursuit Rodney. Mais on a besoin d'aide pour désembrouiller les paroles. Il y des messages en plusieurs langues différentes là-dedans. Si on pouvait séparer les discours dans chaque langue, on aurait sûrement la réponse…

Grégoire réfléchit et regarde sa montre. Presque dix heures et demie! Hop là, il faut rentrer pour le rallye. «Qui sait si je n'apprendrai pas quelque chose d'utile sur les vieux murs et les habitants qui y ont laissé leur voix!» songe Grégoire.

— Je vais réécouter tout ça sur ma chaîne stéréo à la maison. Et si vous voulez, je vous fais une copie de cette cassette.

— Bonne idée! dit Marie. Mais essaie de trouver un moyen de séparer les discours, tu sais bien comme le petit robinet et les gouttes qui tombent une à une. Elle n'était pas si folle que ça, mon idée!

Grégoire ramasse ses affaires et regagne son appartement. Il retourne dans sa tête le mot de la cassette: Ushikai... ushikai.

«Il me semble bien avoir entendu ce mot-là quelque part», pense-t-il.

Le rallye

En participant au rallye, Grégoire recueille quelques bribes d'informations sur les édifices plus que centenaires du Vieux-Montréal. De temps en temps, mine de rien, il colle son oreille à un mur au cas où il entendrait quelque chose. Mais un rallye, c'est une course contre la montre! Et Pauline rouspète, car elle ne veut pas d'un flâneur comme compagnon.

Le parcours que sa mère et lui doivent accomplir dans la ville lui fait découvrir des morceaux d'histoire. Pauline est pleine d'enthousiasme; elle l'encourage et l'initie à l'histoire du quartier tout en se mêlant aux autres participants du rallye.

— As-tu lu ça, Grégoire? dit Pauline. «À l'époque où Montréal était une petite bourgade, avait lieu autour de la place du marché une foire annuelle qui tenait lieu de grand marché aux fourrures. Les Amérindiens de plusieurs nations arrivaient du fleuve en canot; on faisait le commerce des peaux pendant plusieurs jours et après on faisait la fête.»

— C'est difficile à imaginer aujourd'hui! dit Grégoire.

— Aïe! s'écrie Pauline, c'est sur cette place-là qu'il faut aller chercher la prochaine réponse. Vite!

C'est en se rendant à la place Royale, le lieu de cette ancienne foire, que la mémoire de Grégoire lui fait soudain un petit cadeau. Il se souvient tout à coup que ce mot *ushikai*, qui lui semblait familier, vient d'une chanson du groupe Kashtin! «C'est là que je l'ai entendu! se dit Grégoire. Et puis j'ai un feuillet à la maison qui donne le texte de leurs chansons en français!»

Grégoire file d'un site à l'autre avec Pauline, mais son enthousiasme baisse. Il n'arrête pas de penser à ce mot. *Ushikai*. Est-il bien sûr de l'avoir entendu sur sa cassette? Comment se fait-il que les voix du mur emploient ce même mot?

La chaleur moite qui s'est abattue sur la ville contribue à faire décroître l'intérêt de Grégoire. Mais ce n'est pas la seule raison. C'est surtout qu'il s'est souvenu de ce que lui a confié Marie le matin. Toute cette histoire des voix et de sa cassette commence à l'intriguer sérieusement. Voici ce qu'elle lui a dit : «Un vieux nous a raconté qu'un jour, dans une prison, un pirate se mourait, seul dans un cachot tout noir et sale. Durant sa vie de pirate, il avait caché un trésor quelque part. Sentant la fin venir, il pensa que son secret ne serait jamais dévoilé. Alors, il se mit à raconter son méfait et le lieu de sa cachette à un vieux rat qui lui tenait compagnie.

«Le pirate est mort, et de nombreuses années plus tard, un autre prisonnier, qui venait de son pays, a entendu les mots laissés par le pirate mourant, car le mur avait conservé les paroles. Une fois sorti de prison, il s'est empressé d'aller au lieu indiqué par la voix et a découvert un énorme trésor qui l'a rendu riche pour le reste de ses jours.»

Le temps file; Pauline s'impatiente. Il y a toute une série de questions auxquelles il faut répondre encore. Mère et fils ont sillonné le quartier dans tous les sens à la recherche des sites historiques et Grégoire se sent un peu étourdi.

— Ah! soupire Pauline, on ne gagnera sûrement pas le premier prix à ce rythme-là. Regarde au fond de la cour, Grégoire. Il faut vérifier la date inscrite sur l'horloge.

— Ca y est, c'est ici... écoute ce qui est écrit: «Les messieurs de Saint-Sulpice habitent ce manoir construit en 1685. Centre nerveux de la seigneurie des Sulpiciens, le vieux séminaire est l'édifice le plus ancien de Montréal. Une cour fermée...» commence Grégoire.

Il s'arrête d'un coup et lève les yeux. Son cœur se met à battre. Ils sont parvenus devant «son» mur! À l'étage supérieur, au fond de la cour, se dresse une horloge surmontée d'un carillon. Il y a même une date: 1701!

Grégoire jubile. Il se retourne et, de biais, aperçoit la place d'Armes avec son monument et ses bancs. «Alors, c'est bien ça, le mur qui abrite les voix appartient à l'enceinte du séminaire, le plus vieil immeuble de Montréal», se répète Grégoire.

— Vite, Grégoire, il nous reste deux questions. Allez, viens!

Grégoire court sur la rue Notre-Dame derrière sa mère. Ils finissent par trouver les deux autres sites, le château Ramezay et la chapelle Notre-Dame-de-Bonsecours.

Ils arrivent en courant devant le marché Bonsecours, où se termine le rallye. Et, après une petite fête, où ils rencontrent pas mal d'amoureux des vieilles pierres, ils rentrent chez eux, fatigués et la tête bourdonnante de noms, de dates et d'images de monuments sans le prix convoité.

Une chaleur étouffante s'est abattue sur le *Vieux*. Pauline ouvre les fenêtres toutes grandes et s'affale dans un fauteuil. Ouf!

Grégoire file dans sa chambre et trouve la cassette de Kashtin avec le texte des chansons dans le boîtier. Il scrute les lignes attentivement et soudain s'écrie:

— Hé! le voilà... ushikai: ça veut dire fourrure! FOURRURE! Tu parles!

Puis, sans plus tarder, il remet sa cassette dans son magnétophone. Il aimerait bien savoir pourquoi c'est justement dans les murs de ce vieux séminaire que se retrouvent des voix si disparates qui parlent de fourrure! Tout ça n'a pas vraiment de sens.

Grégoire fait tourner sa cassette six fois, dix fois: des voix plutôt chevrotantes et lointaines débitent des mots entremêlés de tintements et d'exclamations. Le discours semble totalement incohérent, mais à force de l'écouter Grégoire distingue des mots en français qui lui semblent récupérables. Puis, il saisit une feuille de papier et y transcrit, tant bien que mal, les seules paroles en français qu'il arrive à comprendre en sautant par-dessus les mots bizarres:

«de Callière... notre alliance... loutre... sang un... dans ce coffret... vive le roi.»

Après un silence, le discours reprend et Grégoire enregistre les mots:

«amitié... jour de l'an mil sept... rond dans le mur...»

Callière! Callière, mais oui, s'écrie-t-il, Pointe-à-Callière, le nom de l'endroit où s'élève le musée.

Mais il vient à peine d'être construit, c'est sûrement pas ça! Et le coffret qu'a mentionné Marie! On en parle!

— Maman, maman, qui est Callière? lance-t-il à sa mère.

— Euh... tu sais bien, c'était sur la feuille du rallye.

— L'as-tu encore?

— La voici.

Grégoire attrape la feuille chiffonnée et lit:

«Louis-Hector de Callière, gouverneur de Montréal, fit construire sa maison sur la pointe entre la rivière Saint-Pierre et le fleuve.»

— C'était important d'être gouverneur, maman?

— Sûr, c'était le grand chef de la ville, comme le maire aujourd'hui. Mieux encore, comme le premier ministre. Pourquoi veux-tu savoir ça?

— Est-ce qu'il aurait eu à voir avec... Grégoire hésite, avec la fourrure?

— La fourrure? s'étonne Pauline. Bien oui; au début, c'était le commerce des fourrures qui faisait vivre la colonie. Il n'y avait rien d'autre. Et c'est le gouverneur qui accordait les permis et réglementait tout ça.

— Alors, ça doit avoir un rapport?

— Rapport avec quoi? Grégoire, veux-tu bien me dire de quoi tu parles? Tu m'as l'air bien bizarre... tu n'as pas cessé de... commence Pauline.

«Oh! oh! songe-t-il; s'il faut qu'elle se mette à me poser des questions, je suis fait...»

Providentiellement, par les grandes fenêtres ouvertes qui donnent sur la rue, arrivent les accords d'une puissante musique de jazz. Grégoire regarde en bas et lance:

— Entends-tu? c'est l'orchestre de *La fin du jour*! Ils sont bons hein?

Pauline écoute un instant et avant qu'elle se remette à lui poser des questions, Grégoire lui dit:

— Maman! j'ai oublié de te dire que j'ai... euh... fait la connaissance du contrebassiste qui joue à *La fin du jour* ce matin. Il m'a invité à aller l'entendre répéter. Penses-tu qu'ils sont en train de jouer en ce moment?

— GRÉGOIRE! s'écrie Pauline. Tu ne vas pas te mettre à courir les bars à ton âge!

— Mais, c'est fermé à cette heure-ci. Gus m'a dit que je pouvais...

— Gus?

Voyant dans le regard de sa mère l'éclat de la cote d'alerte, Grégoire propose:

— Alors viens avec moi, maman. C'est de la musique comme tu l'aimes! Tu vas voir qu'il est gentil, le contrebassiste. Tu vas aimer ça, allez, maman, viens! En plus, je parie qu'ils ont l'air climatisé!

La désembrouille

Dans la pénombre du bar désert, Pauline et Grégoire ont droit à un merveilleux concert qui efface leurs fatigues de la journée. Et il règne une belle fraîcheur à l'intérieur, ce qui est bien agréable.

Gus les accueille chaleureusement et il offre même une bière à Pauline.

Pauline sourit aux anges. Grégoire, lui, tout en se laissant bercer par les airs de blues et les sons nouveaux pour lui, se promet de s'acheter une cassette de jazz pour changer du rock dont il a l'habitude. Et, autant profiter de l'aubaine, il se dit qu'il suivra les concerts prévus durant le festival de jazz qui va bientôt commencer.

Il observe Gus attentivement. Puis, lors d'une pause, il s'approche de lui.

— Gus, j'aurais quelque chose à te demander.

— Oui, quoi?

— Bien, c'est que... j'aurais besoin de tes conseils pour déchiffrer une cassette.

— Hein? déchiffrer une cassette?

— Bien, voilà, il faut que je t'explique, poursuit Grégoire en sortant la précieuse cassette qu'il avait glissée dans sa poche et en la mettant sous le nez de Gus.

— Vas-y.

— Toi, ou un autre, dit Grégoire en désignant les autres musiciens du groupe, saurais-tu comment on peut séparer des v... des sons enregistrés... c'est très important!

50

— Séparer de quoi?

— C'est difficile à expliquer: disons que plusieurs personnes parlent en même temps sur la bobine et je voudrais remettre leur discours en ordre... euh... chacun sa parole, tu comprends? chuchote tout bas Grégoire.

— Ça a l'air bien bizarre, ton affaire! s'écrie Gus. Mais... hé! je vais te dire ce qu'on va faire. Si on répète beaucoup ces temps-ci, tu vois, c'est parce qu'on va enregistrer un disque demain, dans un studio pas loin d'ici. Là, tu aurais des spécialistes pour t'aider, dit Gus.

— Ah! oui? questionne Grégoire. Et tu crois que je pourrais venir au studio avec vous.

— On va voir. Je vais demander à Normand, le guitariste, tout à l'heure. Tu restes encore un peu? demande Gus en jetant un coup d'œil vers sa mère.

Pauline, les yeux fermés, savoure la musique et n'a pas tellement l'air de vouloir quitter le bar. L'orchestre fait une pause et Gus raccompagne

Grégoire qui remet sa cassette dans sa poche.

Gus et sa mère se mettent à causer dans la pénombre du bar. Ils rient et se regardent de plus en plus dans les yeux si bien que Grégoire a soudain l'impression d'être de trop. Il termine son verre de limonade et, sans se faire remarquer, se glisse vers la sortie. Sa mère, les yeux sur Gus, ne se rend compte de rien. Mais, juste pour la forme, Grégoire dit en poussant la porte vers l'extérieur:

— Psitt! Salut, mam'. Je rentre. À tout à l'heure...

Et sans attendre que Pauline revienne sur terre, il se retrouve sur le trottoir écrasé par la touffeur moite du *Vieux*. Vite, il file vers la place d'Armes où il espère retrouver Marie. Grégoire la cherche des yeux. Elle est là, en grande conversation avec un cocher.

— Marie, dit-il en l'abordant. Faut que je vous parle.

Marie vient vers lui et demande aussitôt:

— T'as réussi?

— Pas encore... mais demain, je vais sans doute avoir du nouveau.

— Ah! oui? pourquoi demain? demande Marie.

Grégoire a tout à coup le sentiment que les gens, autour d'eux, écoutent leur conversation. Il fait signe à Marie de s'éloigner un peu et lui chuchote au creux de l'oreille:

— Est-ce que vous l'avez dit à tout le monde, pour les voix du mur?

— Il y a juste moi et Rodney qu'on est intéressés à ça. Les autres s'en fichent, répond Marie en désignant les flâneurs assis au pied du monument de Maisonneuve.

— C'est que demain, je vais aller dans un studio d'enregistrement...

— Oh! fait Marie.

— ...pour faire désembrouiller les voix. Ça va peut-être marcher!

— Formidable! Alors on attendra que tu viennes nous donner le résultat. Je vais avertir Rodney. On va finir par le trouver, le coffret... tu vas voir!

7

Des voix très âgées

À midi tapant, Grégoire rejoint Gus devant un immeuble de la rue de la Commune. Tout autour, ce sont de hautes maisons grises qui abritaient autrefois des entrepôts et des magasins. Grégoire commence à s'habituer à ce décor et, depuis le rallye, il sait que ces baraques cachent parfois des surprises.

Il grimpe avec Gus un vieil escalier poussiéreux et tous les deux s'arrêtent au dernier étage devant une porte rouge.

— C'est ici, le studio. Viens, dit Gus.

Dès qu'il pénètre dans l'appartement, Grégoire se rend compte qu'il entre dans un lieu particulier et bien différent de tout ce qu'il a déjà vu. Les murs regorgent de photos de musiciens, il y a des rouleaux de fils électriques partout, quelques fauteuils et des revues d'électronique sur les tables basses. Le preneur de son, Lucien, les accueille.

C'est quand celui-ci l'emmène dans le poste de régie que Grégoire en a carrément le souffle coupé. Et il y a de quoi. La régie ressemble presque – c'est sa première impression – à une cabine de pilotage d'avion. Plafonds et murs isolés par des panneaux de caoutchouc noir gaufré et, occupant une grande partie de la pièce, une immense table noire couverte de boutons et de curseurs. C'est la console. Il y a aussi un clavier d'ordinateur, des centaines de fils électriques et des boutons de contrôle.

Grégoire n'a pas assez d'yeux pour tout voir. Une drôle de boîte noire allongée – qui va bientôt s'animer – surmonte la table. Tout autour sont disposés des haut-parleurs de toutes tailles. Un ordinateur avec son écran surplombe le tout et, au-dessus, une grande vitrine permet de voir ce qui se passe dans la salle d'enregistrement où les musiciens se mettent en train.

Gus a expliqué à Lucien la raison de sa présence.

— Veux-tu assister à un bout d'enregistrement? T'as jamais vu ça, je parie? demande Lucien.

— Je veux bien, dit Grégoire, très excité.

— Installe-toi ici, propose Lucien en lui proposant un tabouret. Après, je vais m'occuper de ta cassette, O.K.?

Grégoire ne voit pas le temps passer. Tandis que jouent, recommencent et jouent à nouveau les musiciens, Lucien déplace les curseurs, tourne les boutons. Ce que Grégoire avait pris pour une boîte est un écran, un vumètre, qui montre des colonnes vertes et rouges qui grimpent et descendent selon l'intensité du son. Grégoire est fasciné par le travail de Lucien, même s'il ne comprend pas très bien ce qui se passe.

Puis, au bout de quelques heures, les musiciens s'arrêtent pour une pause. Gus ouvre la porte de la régie et demande:

— Alors Grégoire? Ça va? As-tu demandé ton service à Lucien? lance-t-il en lui faisant un clin d'œil.

Grégoire fait signe que non. À vrai dire, il est tellement estomaqué par ce qu'il a vu depuis son arrivée qu'il en a oublié sa quête. Brusquement, il sort sa cassette et, malgré qu'il soit très intimidé, il s'adresse au preneur de son. Ensemble, ils écoutent la cassette. Lucien dit:

— Il y a trois voix différentes là-dessus. C'est ça que tu veux séparer?

— Oui, dit Grégoire qui a peur qu'on se moque de lui. Mais je ne sais pas si c'est faisable...

L'attitude de Lucien cependant le rassure: il a l'air tout à fait sérieux. Il écoute les voix avec attention.

— Je vais me servir d'un autre logiciel, dit-il. Attends, tu vas voir!

— Il clique avec la souris et recommence à faire tourner la cassette de Grégoire. Puis, il fait deux ou trois manœuvres, tapote le clavier et, se tournant vers Grégoire:

— Tu veux que chaque voix retrouve son propre discours? C'est ça?

— Euh... oui... si c'est possible, balbutie Grégoire. Si on pouvait avoir tous les mots français ensemble, les mots anglais ensemble...

— O.K., c'est pas compliqué!

Lucien arrête la cassette, tapote quelques touches sur le clavier et obscurcit des zones sur son écran d'ordinateur. Il remet la cassette au début et dit en riant:

— Ce ne sera pas trop difficile. Et en plus, je pense que l'ordinateur va pouvoir nous dater les voix...

Grégoire, qui surveille sur l'écran ce qui se passe, sans trop comprendre, sursaute.

— Dater? Qu'est-ce que tu veux dire?

— Donner une idée approximative du moment où ces mots ont été prononcés… C'est un peu comme dater les messages sur un répondeur!

Grégoire n'en revient pas. Décidément, un studio d'enregistrement est un endroit fascinant. Et il n'est pas loin de croire que les techniques qu'on y utilise frisent la magie pure et simple.

Au bout des vingt minutes que dure l'enregistrement de la cassette, Lucien lui fait voir, sur l'écran de l'ordinateur, ce qu'il a récolté: trois bandes zigzagantes qui ont l'air de rubans déchiquetés.

— Voilà! C'est fait! lance-t-il.

— Mais on n'entend pas! dit Grégoire dépité.

— Je les remets sur ta cassette, l'un à la suite de l'autre. Tu les écouteras plus tard parce qu'il faut que je me grouille, dit-il en montrant, à travers la vitrine, les musiciens qui sont de retour.

— Oui, oui... dit Grégoire. Et les dates?

— Attends voir.

Quelques autres manœuvres, autre pitonnage et l'écran montre:

> VOIX 1: 1788
> VOIX 2: 1701
> VOIX 3: 1701

— C'est vraiment surprenant! Extraordinaire! murmure Grégoire.

— Tu peux le dire, de vieilles voix, ça mon homme! Rappelle-toi: les voix 2 et 3 sont les plus anciennes. Elles sont de la même époque. C'est pas jeune jeune, hein? J'espère que ça fait ton affaire!

— Ça fait BEAUCOUP mon affaire, dit Grégoire qui songe déjà à ce qu'il va pouvoir apprendre à ses nouveaux amis de la place d'Armes.

— Tant mieux!

— Merci, oh! merci cent fois! dit Grégoire en rempochant sa cassette.

Après une chaleureuse poignée de main, il quitte le studio à toute vitesse.

8

Un rond dans le mur

Assis sur le même banc, Grégoire Marie et Rodney sont silencieux. Grégoire a donné ses écouteurs à Marie qui vient de les passer à Rodney. Quand ils ont fini d'écouter la nouvelle cassette, ils se regardent tous les trois. Les yeux de Marie brillent d'enthousiasme.

— Cette fois, on comprend ce qu'il dit... le gouverneur.

— Est-ce que vous croyez que c'est bien lui, le gouverneur de Montréal? demande Grégoire.

— Sûrement que c'est lui.

— Et celui qui parle anglais, Rodney, tu nous expliques ce qu'il raconte? Je ne suis pas sûre d'avoir bien compris, demande Marie.

— Il faut que je l'écoute encore une fois, dit Rodney en remettant le baladeur de Grégoire en marche.

Tandis qu'il gobe les sons, les yeux fermés, Grégoire et Marie discutent de ce qu'ils ont entendu. Voici ce que la cassette leur a livré:

«Moi, Louis-Hector de Callière, gouverneur de Montréal, je vous invite à enterrer vos haches de guerre dans une fosse profonde... fumer le calumet de paix... j'accepte vos présents... cette peau de loutre blanche sera le signe de notre alliance. Je la dépose avec un louis d'or, le parchemin signé par tous les chefs ici présents... le traité de paix... le coffret que nous scellerons dans le mur du séminaire... plus

jamais la guerre. Vive Le roi!
Vive Montréal!»

— Il y a des bouts qu'on peut pas comprendre... mais on dirait un discours de cérémonie, dit Marie.

— Tu penses vraiment qu'il existe, le coffret?

— Certainement qu'il a dû exister. L'affaire, c'est de savoir dans quel mur il a été enfoui, dit Marie.

— Moi, ce qui me fait rire, c'est que je pensais à un «rond dans le mur», tu as entendu, rond dans le mur? dit Grégoire.

— Oui, mais il dit : «scellerons... dans le mur».

— C'est quoi, scellerons?

— Je pense que ça veut dire qu'il va le sceller: le mettre à l'intérieur d'un mur et boucher le trou. On mettait un sceau, autrefois; quelqu'un m'a expliqué ça, un jour, dit Marie. Mais comment savoir quand c'était?

— Le preneur de son l'a dit, réplique Grégoire de plus en plus excité. C'est certain, certain, son ordinateur avait un programme super nouveau qui peut fournir les dates précises: il paraît qu'on se sert du même dans la police!

— C'est bien beau mais moi, je n'ai aucune idée de ce qui se passait en 1700! 1700, tu te rends compte: ça fait presque trois cents ans!

— En tout cas, dans l'autre discours, celui qu'on comprend pas, je vous assure qu'il y a un mot que je connais. C'est *ushikai*, et ça veut dire fourrure.

— Comment tu le sais? demande Marie.

— C'est le même mot que chante le groupe Kashtin dans une de leurs chansons. Vous savez bien, les chanteurs montagnais. Ils sont super bons!

— Alors, toute cette partie qu'on comprend pas pourrait être du montagnais?

— Possible. Ma mère m'a dit qu'au début de la colonie on faisait le commerce des fourrures avec les Amérindiens.

— Eh bien, le gouverneur aussi, il parle de fourrure: il parle de la loutre blanche, dit soudain Marie.

— La loutre, c'est une fourrure?

— Et une précieuse en plus de ça, qui vaut cher!

— Ha, ha! lance soudain Rodney! La *North West Company* prépare une grande fête!

Les trois complices discutent avec animation et tentent de décider quelles actions ils devraient entreprendre.

— Maintenant, il faudrait savoir ce qu'explique la voix qui utilise les mots incompréhensibles, dit Grégoire. Peut-être qu'on trouverait le lien... n'oubliez pas que ça dit *ushikai*, fourrure!

— Est-ce que la voix en anglais parle de coffret, aussi? demande Grégoire à Rodney.

— Non; mais ça parle de *fur trade* euh... du commerce des fourrures... *beaver pelts*... de peaux de castor et de l'arrivée au port des Voyageurs. Ça, c'était le nom des gens qui leur ramenaient les fourrures des Pays-d'en-haut.

— J'ai une idée, lance soudain Marie en se tournant vers Rodney.

Tu sais, le vieux monsieur qui vient s'asseoir sur le banc, le soir, celui qui s'occupe du château Ramezay, le musée sur la rue Notre-Dame?

— Oui, et alors?

— Si on allait le voir? C'est un maniaque de l'histoire. Quand il vient ici, il a toujours des choses surprenantes à raconter. C'est lui qui m'a expliqué le mot sceller. Il s'occupe du patrimoine de la ville.

Rodney regarde l'heure à son poignet.

— Dépêchons-nous avant que ça ferme! Vite, on y va avec la calèche!

Tous les trois grimpent dans le véhicule qui s'ébranle. Rodney tient les rênes et dirige son cheval adroitement malgré la circulation. C'est la première fois que Grégoire se promène en calèche, mais il n'a pas le temps de s'en réjouir, car ce que l'écoute de la cassette lui a fait découvrir occupe entièrement son esprit. Disons qu'il est habité par une grande excitation, mais de là à en connaître la vraie raison...

—The Voyageurs will arrive today in Montreal. Make things ready!* marmonne Rodney.

— Qu'est-ce que vous racontez? demande Grégoire.

— C'est ça qu'elle dit, la voix. C'est incroyable!

---

* Les voyageurs vont arriver aujourd'hui à Montréal. Préparez-vous!

9

Le traité

Rodney mène le cheval à l'entrée de l'ancienne maison qui abrite le musée. Marie et Grégoire se précipitent à l'intérieur tandis que Rodney attache le cheval. Ils sont accueillis assez froidement par une femme qui les examine de haut en bas:

— Il est trop tard. Le musée va fermer.

— Euh... on vient parler à Monsieur Marsan...

— Qu'est-ce que vous lui voulez? fait la gardienne en lançant un regard plus que dégoûté sur Marie et son accoutrement.

Elle se retient visiblement de chasser ces visiteurs ou de dire que le château Ramezay n'est pas un endroit pour mendier. Mais Marie redresse les épaules et dit d'un air assuré:

— Monsieur Marsan est un ami. J'ai quelques renseignements à lui demander... je suis sûre qu'il va me recevoir.

Grégoire se fait tout petit tandis que la gardienne hésite devant le téléphone placé sur le comptoir d'entrée. Mais elle n'a même pas le temps de l'utiliser puisqu'à ce même moment, on entend des pas dans l'escalier de bois et un homme aux cheveux blancs surgit devant eux.

— Monsieur Marsan! s'écrie Marie. Je venais justement vous voir.

Le vieux monsieur sourit. La dame de l'entrée se raidit et s'éloigne en grommelant.

— C'est mon... ami Grégoire, dit Marie en désignant le garçon. On a quelque chose de très important à vous demander qui a rapport avec le Montréal d'autrefois.

Grégoire fait un signe de tête affirmatif. Monsieur Marsan dit, en les entraînant dans l'escalier vers un minuscule bureau encombré de livres et de paperasses:

— Je dois bientôt partir pour une réunion, mais si ce n'est pas trop long... je vous écoute.

Marie se lance à l'eau.

— Monsieur Marsan, est-ce que le gouverneur de Montréal a fait des discours en 1701?

Monsieur Marsan a du mal à contenir sa surprise.

— Quoi? s'écrie-t-il. Quel gouverneur?

— Callière! lance Grégoire qui tripote nerveusement sa cassette au fond de sa poche.

— Oui, Callière. Louis-Hector de Callière. Est-ce qu'il a signé une alliance ou quelque chose? dit Marie en reprenant de mémoire les mots de la cassette.

Monsieur Marsan se ressaisit et réfléchit un moment avant de répondre.

— Mais oui, la fameuse paix de 1701. Mais, je n'en reviens pas de vous entendre, Marie? Est-ce que vous suivez un cours d'histoire?

— Bien... c'est... que.... on a su...

— J'ai fait un rallye historique avec ma mère, coupe Grégoire pour venir à la rescousse de sa complice.

Il lui lance un coup d'œil signifiant qu'il n'est pas question de révéler leur secret. Au moins pas avant d'avoir été jusqu'au bout.

Monsieur Marsan a ouvert un grand livre et il suit les lignes avec son index. Arrivé au passage qu'il cherchait, il dit:

— Le 4 août 1701 a eu lieu la signature d'un fameux traité de paix entre les Amérindiens et les Français mettant fin à la guerre entre les Iroquois et les alliés des Français. Cette guerre nuisait beaucoup au commerce des fourrures. On en parle ici.

Monsieur Marsan tourne les pages en lisant. Il résume pour ses visiteurs.

— Il y eut une rencontre qui dura plusieurs jours et où étaient présentes trente-huit nations différentes. Les chefs apportaient des cadeaux au gouverneur, des ceintures de porcelaine, des fourrures; le gouverneur leur offrait à manger et à boire. Chacun a prononcé de longs discours... dans sa propre langue. Et, après, on a fumé le calumet de paix. Il y avait un chef fameux de la nation huronne qui parlait très bien, il s'appelait Kondiaronk, le Rat... Chacun a signé un parchemin...

— Est-ce que vous savez parler le huron? demande Grégoire.

— Non, répond en riant monsieur Marsan. Pourquoi?

— Pour rien, dit Grégoire. Euh... dans ce temps-là, en 1701, ce château existait-il? Vous avez dit que le traité avait été signé «ici même».

— Ah! non, je voulais dire dans le Vieux-Montréal, devant le fleuve, sur le site des foires aux fourrures, là où est la place Royale aujourd'hui. Hélas, il reste bien peu de vieilles maisons de ce temps-là. Elles ont toutes brûlé. Le château Ramezay a été construit quatre ans plus tard.

— Ah bon! fait Marie déçue.

— Mais le séminaire, la maison sur la rue Notre-Dame au fond d'une cour fermée et l'horloge, ça existait n'est-ce pas?

— Tu as raison, Grégoire. Je pense d'ailleurs que ce sont les seuls murs de cette époque encore debout dans la vieille ville.

Grégoire se tortille sur sa chaise. Il sent une terrible excitation le gagner. S'il fallait, par un hasard extraordinaire, que le coffret du traité de paix soit enfoui dans le mur du séminaire! Grégoire et Marie se regardent tandis que monsieur Marsan continue de feuilleter les pages du gros livre. On entend des éclats de voix dans l'entrée du musée ce qui a pour effet de ramener monsieur

Marsan à la réalité du XXe siècle. Regardant sa montre, il s'écrie.

— Oh! je suis déjà en retard pour ma réunion. Allons, il va falloir s'en aller, dit-il en refermant le livre comme à regret, car on le sent animé d'une grande passion quand il se met à parler de l'histoire de la ville.

Nos trois amis sortent du bureau et trouvent Rodney en train de discuter de façon musclée avec la gardienne qui s'obstine à lui refuser le passage.

— Hé! Rodney, lance Marie. On est ici.

Les choses s'arrangent un peu, mais Rodney est furieux d'avoir raté les explications de monsieur Marsan, surtout que...

— J'avais des choses à vous demander, moi aussi, ajoute-t-il. Parce que sur ma...

— On va tout te raconter, intervient Grégoire l'empêchant de révéler leur «secret». Monsieur Marsan doit se rendre à une réunion.

Rodney se tourne vers le vieil homme et demande:

— Où est votre réunion, Monsieur?

— À la place d'Youville.

— Montez dans ma calèche. Je vous y emmène.

Les voilà qui grimpent tous les quatre dans la calèche. Étrange cortège qui se dirige allègrement vers la place d'Youville.

Les marchands
de fourrures

Rodney ne perd pas de temps. Il descend sur la place Jacques-Cartier et engage la calèche sur la rue Saint-Paul. Sitôt tourné le coin, il dit à Grégoire:

— Prends les rênes.

Grégoire n'en revient pas.

— Qu'est-ce qu'il faut faire? Je ne sais pas comment...

— C'est très facile, on va tout droit. Tiens les rênes, le cheval connaît sa route.

Rodney et lui changent de place et voilà Grégoire juché haut, dominant la rue, plongeant la vue sans gêne dans les fenêtres des galeries d'art et des bureaux qu'il longe. Il se sent comme le maître du monde. Le bruit des sabots résonnant sur les murs l'accompagne comme une petite musique.

— Monsieur Marsan, dit Rodney, voulez-vous me dire qu'est-ce que c'est que la *North West Company?*

— La *North West Company*? Mais c'est la plus importante société marchande de Montréal. Ou plutôt c'était...

— Ah! bon, murmure Rodney avec intérêt.

— Elle regroupait de nombreux marchands qui sont devenus célèbres. Et plus tard, elle a fusionné avec la Compagnie de la Baie d'Hudson.

— Ah! oui, comme le magasin La Baie. Mais ils étaient marchands de quoi?

— De fourrures, pardi! C'était la seule richesse à l'époque.

— Ah! s'écrie Marie. Est-ce que ces messieurs connaissaient le gouverneur de Callière?

Monsieur Marsan regarde Marie et Rodney d'un air attendri.

— Mais non, pauvre de vous! s'écrie-t-il. Vous oubliez que le pays a été conquis par les Anglais. La Compagnie du Nord-Ouest a été établie par les marchands écossais de Montréal surtout, après la conquête...

— En quelle année?

— Euh... autour de 1780, je pense.

— Ah! ah! T'as entendu, lance Marie à Grégoire complètement absorbé par sa nouvelle tâche. Monsieur Marsan dit que c'était vers 1780!

Grégoire tourne la tête et fait un grand sourire, mais il n'ose pas quitter son poste. Tout en gardant les yeux sur le pavé, il lance à monsieur Marsan:

— Est-ce qu'en 1788 cette compagnie existait?

— Oui, jusqu'au moment de la fusion en 1821. Même que, savez-vous, il y avait un homme célèbre qui voyageait pour cette compagnie? Très célèbre! Tellement qu'on a composé des chansons et écrit des livres sur lui.

— Ah! oui! Qui ça?

— Jos Monferrand. Le fameux Jos Monferrand... un vrai batailleur. Et si je me souviens bien, reprend monsieur Marsan, l'un des dirigeants de la *North West Company* s'appelait Simon McTavish.

— Ouais! C'est lui, s'écrie Rodney. Il y a une rue qui porte son nom. C'est lui qui parle, j'en suis sûr, fait-il à mi-voix à Marie.

— La compagnie envoyait des voyageurs faire la traite avec les Sauvages, continue monsieur Marsan.

— Les Sauvages? demande Marie.

— C'est comme ça qu'on appelait les Amérindiens. Ils disaient: *The farther north, the finer the pelts.** Ils sont devenus très riches. Et avec leur argent, ils ont creusé le canal Lachine, construit des ponts et développé la ville.

Rodney, les yeux pétillants de fierté, bombe le torse et, un doigt sur la poitrine, dit:

— Mes ancêtres! Oh! euh... Monsieur Marsan, continue-t-il, c'était quoi Grand-Portage?

— Ah! ça, c'était le grand poste de la compagnie sur le lac Supérieur, dit monsieur Marsan. Là où se rencontraient les voyageurs et les traiteurs.

La calèche arrive place d'Youville. Rodney montre à Grégoire comment arrêter le cheval et, monsieur Marsan, en les saluant, entre dans un drôle d'immeuble qui a l'air d'une caserne de pompiers. Rodney est dans un état de grande excitation.

---

* Plus on va vers le nord, meilleures sont les peaux.

— Je suis sûr que c'est McTavish qui parle, ah! c'est énervant... Simon McTavish, c'est ça qu'il raconte. *The voyageurs... back to-morrow.* Ah! je n'en reviens pas.

— Mais, interrompt Grégoire, qu'est-ce que ça peut avoir à faire avec le traité et le gouverneur... de... Callière?

Les trois compères se regardent, interloqués. Marie conclut d'un air dépité:

— Sans doute que ça n'a rien à voir. Rien du tout. Une autre époque... Il ne reste plus qu'à trouver si le discours en «sauvage» parle du coffret, lui. Il faut en avoir le cœur net.

La calèche reprend son chemin vers la place d'Armes. En remontant la rue Saint-François-Xavier, Grégoire remarque toute une série d'affiches placardées sur des panneaux qui cachent des maisons démolies ou des vestiges anciens qu'on protège des vandales. Elles annoncent des concerts, le dernier spectacle du Cirque du Soleil et la tenue du festival du jazz de Montréal.

— Comment on va faire? interroge Marie en laissant traîner un regard distrait sur les affiches.

Soudain, les yeux de Grégoire se posent sur une affiche où on lit:

Kashtin, en spectacle, un seul soir au Spectrum, le 2 juillet, 21 heures.

— C'est ce soir! s'écrie Grégoire. Un seul soir. Au Spectrum de la rue Sainte-Catherine!

Des vedettes
sympathiques

Grégoire est dans le métro. Non; il ne s'en va pas au cinéma. Et il ne file pas rejoindre son copain-de-banlieue-déménagé-sur-le-Plateau non plus. Grégoire a conté un gros mensonge à sa mère. Mais il a promis de rentrer avant 22 heures.

Il sort de la station Place-des-Arts avec Marie et se dirige sur la rue Sainte-Catherine, vers le Spectrum. Un jour, c'est sûr, Pauline va le pincer. Pour le moment, Grégoire ne pense qu'à trouver une façon de parler aux deux vedettes du groupe Kashtin: Florent Vollant et Claude MacKenzie. Si Marie et lui avaient un billet pour les entendre, ce serait facile d'aller les voir dans leur loge, après le spectacle. Mais ça coûte trop cher et, de toute façon, les billets sont tous vendus!

Grégoire a calculé que, si le spectacle commence à 21 heures, les chanteurs arriveront bien avant. Du moins, c'est ce qu'il ferait, lui, s'il se produisait en spectacle, pour se mettre dans l'ambiance et apprivoiser la salle.

C'est Grégoire qui a eu l'idée de les consulter. Il a convaincu Marie et Rodney que c'était leur seule chance de déchiffrer l'énigme du coffret en leur disant:

— Ils sont de vrais Amérindiens, des Innuat! et ils chantent en montagnais. Je le sais: Kashtin, ça veut dire tornade! J'ai toutes leurs cassettes! S'ils chantent dans leur langue, c'est qu'ils savent la parler aussi! Ils vont pouvoir nous expliquer, c'est certain, pourquoi notre voix dit *ushikai*.

Mais une fois à destination, Marie a des doutes.

— Et s'ils ne veulent pas répondre à nos questions? interroge Marie. Les vedettes, parfois, c'est grincheux!

— Hum! Vaudrait mieux les voir après, peut-être.

— Ça finira pas avant minuit. Mais... attends un peu, il doit y avoir une porte pour les artistes, par derrière, s'écrie Marie. Ils sont peut-être déjà entrés.

Vite Grégoire et Marie contournent les immeubles et se retrouvent dans une cour sale. Ils repèrent une porte.

— Ça doit mener derrière la scène. On va voir si elle est fermée à clef.

— Il y a une sonnette! On sonne?

— Jamais de la vie. Ils vont nous jeter dehors! Tu sais bien, Grégoire, qu'on n'aime pas les sans-abri. On fait peur au monde!

Ils finissent par s'asseoir sur deux vieilles caisses pour attendre.

Grégoire regarde Marie. Pour la première fois, depuis qu'il la connaît, il se rend compte que son allure et le fait qu'elle n'a pas de domicile fixe ne l'ont jamais dérangé. Il n'a pas vraiment réfléchi à sa situation. «Peut-être que les passants me montrent du doigt quand je cause avec elle sur la place?» se demande Grégoire. Pourtant Marie est devenue une véritable amie et il n'a certainement pas peur d'elle, lui! Elle est drôlement habillée, c'est vrai, mais elle est aussi curieuse et inventive que bien de ses copains d'école. Plus même. Et depuis qu'il lui a prêté son magnéto pour les voix, elle ne trimballe plus de bouteille dans sa poche. Pauline avait tort de penser que tous les quêteux sont des alcooliques! Et Marie connaît la ville comme sa poche; elle est la spécialiste des ruelles et des cours intérieures secrètes du *Vieux!* C'est bien commode.

D'un seul coup, Grégoire ressent un petit malaise. Il repense aux inquiétudes de sa mère et mille questions l'assaillent: «Marie est-elle très pauvre? Est-ce qu'elle dort à la belle étoile? Pourquoi ne devrait-on pas s'approcher des clochards?»

Il prend la main de Marie dans la sienne et la serre très fort. Et juste à ce moment surgissent dans la cour un groupe de personnes avec des étuis à guitare sous le bras!

— Hé! Ho! les vedettes et leurs musiciens sont là.

Marie et Grégoire se lèvent d'un bond. Grégoire reconnaît aussitôt Florent et Claude. Il se précipite vers eux tandis que Marie ne bouge pas. Il ouvre la bouche mais les mots se figent dans sa gorge. Il a beau savoir que ce serait vraiment bête de rater une telle occasion.

— Hé Florent! Claude! Tout un fan club que vous avez là! s'exclame l'un des accompagnateurs en désignant Marie du menton.

La porte s'ouvre. Le visage de Grégoire devient écarlate. Il ne va pas laisser insulter Marie sans réagir. La colère agit sur ses cordes vocales, car, d'un coup, sa voix revient et les mots sortent de sa bouche en une gerbe incontrôlée. Et ce ne sont pas ceux qu'il avait préparés.

— *Uisha... uishama*[*] balbutie Grégoire. *Ushiikai... ushikai...* et *ua-pan-tshuk* poursuit-il en détachant bien les syllabes.

Florent Vollant sourit et dit quelques mots à Claude.

— Tu es Innu, toi? dit-il en s'adressant à Grégoire.

— Non, mais... il faut absolument que je vous parle. C'est super important... et ça n'a rien à voir avec vos chansons..., bafouille Grégoire. C'est à cause d'un coffret... euh... d'un traité de paix...

— Alors, viens-t'en avec nous à l'intérieur. On a le temps avant la répétition. Viens! Vite!

---

[*] Titre d'une chanson du groupe Kashtin.

Grégoire lance un coup d'œil à Marie qui lui fait signe d'y aller et il s'engouffre dans le couloir sombre entre Florent, Claude et ses accompagnateurs.

Les hommes font cercle autour de lui. Heureusement, il retrouve ses moyens et détache son baladeur et ses écouteurs. Il dit à Claude:

— S'il vous plaît, écoutez... c'est pas ce que vous pensez; c'est pas un démo de mes chansons. Juste des mots. Je voudrais savoir ce que ça dit. Je pense que c'est dans votre langue. C'est très, très important...

Intrigué par le ton pressant de Grégoire, Claude met les écouteurs. Il écoute attentivement, joue avec le volume. Grégoire se tait. Claude a l'air étonné. Il fronce les sourcils et, sans un mot, il tend le baladeur à Florent qui écoute à son tour. Puis, ils se mettent tous les deux à parler dans leur langue à toute vitesse. Quelques autres membres du groupe se mettent de la partie et discutent entre eux. Grégoire, qui ne comprend pas un mot, se sent évincé. Il ne sait plus quoi faire. Il tire la manche de Florent et dit:

— *Ushikai*, c'est comme dans votre chanson, hein? Ça veut dire «fourrure» n'est-ce pas? Est-ce que c'est un grand chef qui parle?

— C'est quoi ce discours? demande Florent. Où as-tu trouvé ça?

D'un seul coup, Grégoire se sent coincé. Impossible de raconter les voix dans le mur et tout le reste. Il faut qu'il invente une explication. Et vite!

— C'est pour un rallye historique dans le Vieux-Montréal, répond Grégoire en pensant à tous les mensonges qu'il a accumulés dans cette seule journée. Il faut trouver le nom d'un des chefs qui a signé le traité de paix avec le gouverneur il y a très, très longtemps!

Florent et Claude se regardent.

— C'est sérieux! Tout ce que je peux te dire c'est que, oui, c'est en montagnais. Mais je ne comprends pas tout. Mon grand-père saurait t'expliquer. Moi, je ne sais pas trop.

— En tout cas, ce qu'il y a d'important, c'est *uapantshuk*, la peau de loutre blanche! C'est un gage donné et la voix dit qu'il la dépose dans le coffret..., intervient Florent.

— C'est ça que dit la voix? jubile Grégoire. Une peau de loutre blanche déposée dans un coffret?

— C'est bien ça. Autrefois, chez nous, les chasseurs avaient des rites avant de partir chasser dans le bois. On invoquait l'esprit du castor ou de la loutre et, pour avoir bonne chasse, on mettait un petit bout de leur fourrure dans un sac qu'on transportait avec soi. Une espèce de talisman, dit Claude. C'est le genre de coutume que les aînés nous transmettent encore.

— Mais ça te donnera pas le nom du gouverneur! lance Florent à Grégoire.

— Oh! Ça fait rien! dit Grégoire. Est-ce que c'est précieux une peau de loutre blanche, d'après vous?

— C'est très rare, en effet. Une loutre, c'est brun d'habitude. Une blanche veut dire que c'est une albinos. Et l'offrir à quelqu'un correspondait sans doute à lui donner un gage de grande amitié ou à s'engager dans quelque chose d'important.

— Aïe! les gars, la répet...

— On va être obligés de te laisser, maintenant, dit Florent.

Grégoire reprend son baladeur des mains de Claude.

— Pensez-vous que c'est un chef qui... fait le discours? demande Grégoire.

— Un discours de cérémonie? Pourquoi pas? Ah! ils étaient bons pour parler, nos grands chefs d'autrefois. Des palabres et des harangues qui duraient des heures, il paraît.

— Ça doit en être un, certain! ajoute Florent. Le personnage qui parle annonce avec grand style qu'il remet un gage de fidélité aux Français au nom de sa nation. Dommage qu'on n'ait pas pu t'aider bien gros pour le nom du gouverneur...

— Ça fait rien. Je suis bien content quand même. Merci beaucoup.

Grégoire trépigne d'impatience.

— Salut!

— Bon spectacle! lance Grégoire en retournant vers le couloir sombre et la cour où l'attend Marie.

— Alors, tu leur as demandé un autographe? dit-elle en le voyant.

— J'y ai même pas pensé! C'est bête…, répond Grégoire tout déconfit. Mais, j'ai de bonnes nouvelles, reprend-il avec enthousiasme. Venez-vous-en, on a du travail à faire!

Un mur s'écroule

Malgré son goût prononcé pour l'histoire ancienne et les musées, Pauline commence à trouver que la vieille ville est étouffante en été. Elle a décidé d'aller chercher l'air frais tout au bout de l'île de Montréal. Elle s'empresse d'aller de bon matin proposer à son fiston une merveilleuse balade en vélo et un pique-nique. En fait, c'est Gus qui lui en a donné l'idée mais ça, Pauline n'en fait pas mention en réveillant Grégoire.

— Hé! lève-toi; on s'en va en vélo à l'autre bout de l'île. Ça va nous faire du bien de rouler au bord du fleuve.

— Hein? Quoi?

— T'es vraiment pâle, tu sais! C'est peut-être pas génial pour toi, des vacances en ville...

Grégoire se réveille en sursaut. D'un seul coup, toutes ses élucubrations de la nuit dernière lui reviennent en mémoire. Il entend vaguement sa mère lui parler de santé et d'air pur, mais il refuse d'écouter. Il n'est pas question de s'absenter aujourd'hui! Il referme les yeux, prétextant une grande fatigue pour se donner le temps de remettre ses idées en place.

Hier soir, avant de rentrer, lui, Marie et Rodney ont fait le point. Ils ont écouté encore une fois les voix de la cassette et ils sont arrivés à la conclusion que si le coffret existe toujours – le coffret scellé dans le mur lors de la signature du traité de paix de 1701 – il ne peut être que dans le mur du séminaire Saint-Sulpice qui s'élève justement en face de la place. D'ailleurs, c'est le seul immeuble de cette époque qui tient encore debout. Mais comment faire pour savoir où? Il y a mille et un endroits où on peut camoufler un objet entre les pierres... Grégoire est retourné poser ses oreilles sur le mur de la rue Notre-Dame au cas où d'autres voix pourraient lui fournir des indices. Mais non, il semble bien que Grégoire ait récolté, en une fois, tout ce qui avait de l'intérêt.

Grégoire hésite à choisir une ligne de conduite. Marie a proposé de retourner consulter monsieur Marsan pour savoir si un tel coffret a déjà été trouvé et sauvegardé dans quelque musée. Rodney, lui, pense qu'on ne le retrouvera jamais. Il est obsédé par l'histoire du commerce de la fourrure et s'absorbe dans des recherches sur Simon McTavish et la compagnie du Nord-Ouest. Il a déjà emprunté une pile de livres à la bibliothèque municipale sur le sujet et il les trimballe avec lui dans sa calèche.

Grégoire, de son côté, s'est dit que la seule solution est d'aller frapper à la porte du séminaire pour tenter de fouiller les murs, de l'intérieur. Mais sous quel prétexte? Et d'abord, qui donc habite ce séminaire? On n'y voit jamais personne. Peut-être qu'on y entre par l'église Notre-Dame? Oui, voilà comment il faudrait procéder! Grégoire a fini par s'endormir sur cette décision qui lui a trotté dans la tête toute la nuit et voilà que, ce matin, Pauline parle de s'en aller. Ah non! pas question. Qui sait si d'autres amateurs de rallyes historiques ne sont pas déjà sur une piste?

Mais Pauline n'en démord pas. Et ce qui n'arrange rien, Gus arrive à neuf heures avec son vélo! Grégoire se voit forcé de mettre son projet en veilleuse. Mais pour une seule journée, pas plus!

Grégoire finit par savourer sa balade en vélo et le pique-nique au bord du fleuve. Il est fasciné d'entendre Gus raconter avec passion ses aventures dans le monde de la musique. Pauline boit littéralement ses paroles: on dirait qu'en quelques jours elle a tout appris sur les grands bassistes. Elle discute avec Gus et Grégoire est tout étonné de l'entendre comparer les mérites de Michel Donato, de Charlie Haden et de Sylvain Gagnon. Mais le temps file et il est temps de rentrer, car Gus joue ce soir.

En roulant sur la rue de la Commune, Grégoire pense à ce qu'il lui reste à faire pour mener à bien sa petite enquête. La chaleur a un peu ralenti les activités du quartier, mais de nombreux touristes arpentent quand même les abords du Vieux-port. Les trois cyclistes remontent la rue Saint-François-Xavier et, tout à coup, avant de rejoindre la rue Notre-Dame, trouvent leur chemin bloqué. Des rubans jaunes barrent le passage; des voitures de police sont stationnées en travers de la rue.

— Qu'est-ce qui se passe? demande Gus.

— Un gros accident entre un camion et un mur, répond un policier en indiquant le haut de la rue. Il y a de gros dégât et des blessés.

— Des blessés! Ça fait longtemps que ça a eu lieu? demande Pauline.

— Vers quinze heures. On vient juste de retirer le camion des décombres, dit le policier, mais le site va être bouclé pour un bon moment. Il va falloir reconstruire le mur. Et la protection du patrimoine s'en mêle... ça va être tout un chantier!

— Bon! On a bien fait de partir au grand air! déclare Gus en voyant l'épaisse couche de poussière qui recouvre les voitures en stationnement.

— Comment va-t-on faire pour rentrer chez nous? demande Pauline.

— Passez par la rue Saint-Jean.

Pauline, Gus et Grégoire, rentrent à pied, en poussant leur vélo. Ils se rendent bien compte qu'une grande agitation règne autour de la place d'Armes. La circulation est complètement arrêtée. Soudain, Grégoire ressent une vive inquiétude: «Si l'accident impliquait le mur du séminaire?»

Il range son vélo à toute vitesse et s'élance vers la Place.

— Hé! Grégoire! lance Pauline. Attends!

Mais il est trop tard. Grégoire contourne les barricades et les cordons de sécurité. Sur le trottoir, une foule déborde jusqu'aux abords de l'église. Le cœur de Grégoire se met à cogner dur. Comme il l'avait secrètement soupçonné, le mur détruit par le camion est celui du séminaire Saint-Sulpice! Des badauds lui racontent que le bolide a dû percuter celui de l'enceinte qui ferme la cour et qu'ensuite il a fracassé une partie du premier étage avant de prendre feu. La cour, fermée d'habitude, est maintenant ouverte aux quatre vents. On est en train de mettre en place un imposant service de sécurité qui restreint l'accès au bâtiment endommagé. Des gravats et des monceaux de pierres noircies gisent ici et là dans un désordre incroyable. Une odeur de brûlé se répand. Des trous béants montrant des poutres incendiées menacent la solidité de l'édifice.

Grégoire cherche Marie des yeux. Il s'apprête à se diriger vers la place quand une voix, derrière lui, le fait sursauter:

— Le moindre éclat de pierre a une grande valeur. Il faut protéger le site jour et nuit. Nous avons des bénévoles au musée...

— Monsieur Marsan! s'écrie Grégoire. Avez-vous besoin de moi?

Monsieur Marsan esquisse un sourire, mais Grégoire n'est pas très sûr qu'il l'ait reconnu. Et il est bien trop occupé pour lui répondre. Il continue à donner des instructions en lui faisant un geste pour qu'il s'éloigne du site.

Grégoire, dépité, se fraye un chemin dans la foule des curieux. Il faut qu'il retrouve Marie. Mais il ne la voit pas. Et sur le pourtour du square, on ne voit aucun cocher. Grégoire ne tient plus en place. Il observe avec inquiétude les habitants du quartier, les assureurs et les experts en rénovation de bâtiments anciens s'affairer rue Notre-Dame. Finalement, les badauds se retirent, le va-et-vient cesse et, avec la fraîcheur du soir, un certain calme s'installe. Bientôt des bruits de sabots font sursauter Grégoire: voilà la calèche de Rodney qui débouche de la rue Saint-Jacques avec Marie à bord! Grégoire se précipite vers eux en criant.

— Marie! Rodney!

Marie fait le récit de la journée.

— T'as manqué quelque chose; il y a eu la police, ensuite les pompiers quand le camion a pris feu, puis l'ambulance. Oh! Grégoire, si tu avais vu ça!

— Il y avait un monde fou, ajoute Rodney qui s'est joint à eux. C'est l'événement de l'été pour le *Vieux*! Je vais raconter ça aux touristes!

— Mais Marie, est-ce que vous vous rendez compte que le mur...

Marie est soudain secouée par un petit rire. Rodney lui fait un clin d'œil. Les deux complices regardent

Grégoire. Marie dit doucement d'une voix posée:

— C'est arrivé pour ainsi dire devant nos yeux. Avant que tout le monde s'agite, nous, on n'a pas perdu notre temps. Il y avait des pierres qui volaient dans tous les sens...

— Quoi! s'écrie Grégoire. Vous l'avez trouvé?

— Chut!

Soudain, une voix courroucée retentit.

Grégoire lance un regard désespéré à Marie. Il la quitte et se dirige vers sa mère qui l'entraîne sans un mot loin de la place d'Armes si dangereuse à ses yeux.

Un trésor sauvé
du désastre

Grégoire a beau essayer de trouver des excuses, Pauline ne lui laisse pas le loisir de prendre la parole. Elle répète sans cesse:

— Je t'avais défendu d'approcher ces gens-là! **Dé-fen-du!** C'était pourtant clair, il me semble!

Grégoire ne sait plus quoi inventer. Il reste silencieux devant la colère de sa mère. Puis, petit à petit, il laisse monter du fond de son cœur, les mots simples qui, il l'espère, la toucheront.

— Maman, écoute..., je sais qu'elle est mal habillée, qu'elle est vieille et sale et qu'elle ne sent pas bon... mais ce n'est pas une raison. Moi aussi, j'avais un peu peur d'elle au début...

— Elle sent l'alcool à plein nez! affirme Pauline.

— Non! Tu te trompes, maman! Elle est juste toute seule dans la vie. Elle n'a ni maison ni famille. Elle ne prend pas un coup, c'est faux! Elle me l'a dit. Ce qu'elle ne m'a jamais dit par contre c'est où elle va dormir le soir; peut-être sur les bancs des parcs... ses seuls amis sont les gens de la place: Monsieur Marsan et Rodney, le cocher. Mais, eux, ils ont de vraies maisons.

Pauline est surprise d'entendre son fils parler avec tant de chaleur de la *robineuse* de la place d'Armes.

Elle le regarde sans répliquer. Grégoire reprend de son assurance.

— Je ne comprends pas pourquoi elle te fait peur, maman, continue Grégoire. Moi, je la trouve formidable. C'est mon amie pour la vie! Je voudrais que tu l'invites à souper.

Pauline est interloquée. Elle regarde son fils longuement et demande d'une voix plus calme:

— Si je comprends bien, tu fréquentes ces «gens-là» depuis le début?

Grégoire ne bronche pas. Sa mère attend sa réponse. Puis, voyant qu'il n'ouvre pas les lèvres, elle poursuit:

— Mais... tu as peut-être raison, au fond, on classe les gens dans des catégories trop vite, en jugeant sur les apparences. Il y a de plus en plus de sans-abri en ville. Sauf que tu n'es pas obligé de passer tes journées avec eux!

— Ce que tu ne sais pas, maman, finit par articuler Grégoire, c'est que Marie sait plein de choses sur l'histoire de Montréal. Plus que toi, même!

— Grégoire!

— Je te le jure. Le directeur du château Ramezay est son ami: on est allés le voir ensemble. Il nous a expliqué plein de choses sur la paix de 1701.

— La paix de 1701?

— Bien oui, le fameux traité de paix signé par le gouverneur de Callière! lance Grégoire.

Pauline n'en revient pas.

Une heure plus tard, Grégoire s'en va sur la place retrouver Marie. Pauline l'accompagne. Grégoire présente Marie à sa mère. Les deux femmes se toisent, mal à l'aise; puis, elles s'apprivoisent. Marie propose de traverser la rue et d'examiner les dégâts causés par l'accident et Pauline suit avec enthousiasme. Marie décrit les péripéties dont elle a été témoin au cours de l'après-midi. Grégoire écoute le récit une seconde fois. Il voudrait bien savoir si Marie a retrouvé le fameux coffret, mais la présence de Pauline, qui n'a pas l'air de vouloir s'en aller, pose problème.

— Monsieur Marsan, du musée Ramezay, s'occupe de la reconstruction, explique Marie. On va remettre tout en état comme c'était avant. Pensez donc, ce sont les plus vieilles pierres du *Vieux* !

Pauline écoute Marie et, sans trop s'en apercevoir, sa peur et son dégoût s'enfuient. Grégoire a raison: malgré les apparences, Marie a quelque chose à dire. Elle lui pose des tas de questions et reçoit des réponses qui l'épatent.

Grégoire enrage, car la nuit tombe et il lui faut rentrer sans avoir obtenu de réponse. Mais Marie réussit à lui glisser un petit papier chiffonné avant de le quitter.

— Euh... bonne soirée Marie, dit Pauline. J'espère... euh... qu'on se reverra.

— Bonne soirée, madame, répond Marie en faisant un clin d'œil en direction de Grégoire.

Château Ramezay,
demain, 9 heures 30.

Ce sont ces quelques mots griffonnés sur le papier qui ont permis à Grégoire de passer à travers la soirée avec sa mère. Il court au musée avant l'heure et c'est dans le bureau de monsieur Marsan qu'il apprend la nouvelle. Marie et Rodney sont déjà là.

— Raconte-moi encore les détails, Marie, dit monsieur Marsan.

— Quand on a entendu le bruit épouvantable, raconte Marie, on a vite compris que ce n'était pas un petit accident. Sous l'impact du camion, le mur avait volé en éclats et il y avait des pierres partout sur la rue Saint-François-Xavier. Rodney et moi, on ne savait plus où donner de la tête. C'est par hasard... que j'ai regardé les pierres qui jonchaient la rue. Parce qu'après, il y a eu le feu et alors, c'est devenu dangereux et les pompiers, les ambulances ont envahi tout le coin.

Monsieur Marsan écoute attentivement. Grégoire fait de même, car il crève d'envie de savoir la suite.

— Marie a vu les pierres, continue Rodney. Elle en a pris une... ah! Marie, tu es mieux de le dire toi-même.

— Parmi les pierres de la rue, j'en ai remarqué une qui était différente. Elle avait la forme d'une brique. Je me suis approchée et j'ai compris tout d'un coup que ce n'était ni une brique ni une pierre, poursuit Marie, en fixant Grégoire. Je l'ai saisie et je l'ai fourrée sous mon manteau.

— Je l'ai vu faire, mais on s'est sauvés à toute vitesse, car il y a eu une explosion et le feu, dit Rodney.

— C'est le coffret? Où est-il? demande Grégoire qui se meurt d'impatience.

Monsieur Marsan sort son trousseau de clés et ouvre une grande armoire. Sous le regard ébahi de Grégoire, il sort ce qui ressemble effectivement à une brique enveloppée dans un linge protecteur.

— C'est un trésor inestimable, commence monsieur Marsan. Il va falloir procéder à des analyses, dit-il en déballant le coffret rouillé et en l'ouvrant délicatement.

Grégoire est déçu, car il est vide. Il regarde Marie qui sourit.

— J'ai déjà donné le parchemin qu'il contenait au service des archives qui va tout faire pour le déchiffrer et le conserver, car il est extrêmement fragile.

— Est-ce que c'est celui du traité de paix? demande Grégoire.

— Tu peux comprendre qu'après avoir passé 295 ans dans un mur, l'écriture en est un peu effacée, dit monsieur Marsan. Mais les experts vont s'en occuper. Et il y avait aussi un louis d'or avec, ce qui permet de dater le document. Ah! on peut dire que vous avez fait une découverte extraordinaire!

Grégoire regarde ses deux compagnons. Une question lui brûle les lèvres, mais il ne sait trop s'il devrait la formuler.

— Est-ce que c'est tout ce qu'il y avait dans le coffret?

— À part un peu de poussière et des débris de mortier, c'est tout, assure monsieur Marsan. Je vous remercie de m'avoir apporté votre trouvaille. Je vais écrire un grand article pour en parler lorsque les analyses seront terminées et j'aurai besoin de vous!

Grégoire, Rodney et Marie sortent du musée sans un mot. Dès qu'ils sont hors de portée des oreilles indiscrètes, Grégoire serre fort le bras de Marie et demande à voix basse:

— Et la loutre blanche? Elle n'est pas là? Croyez-vous qu'elle s'est tout simplement désintégrée après toutes ces années dans un coffret de fer?

Ils s'arrêtent sur la place Jacques-Cartier. Marie sourit. Rodney éclate de rire.

— Regarde, fait Marie en sortant quelque chose de la poche de son vieux manteau râpé. La voilà!

Grégoire ouvre de grands yeux. La loutre blanche! Marie exhibe un morceau de ce qui ressemble à du cuir d'une couleur blanc-jaune et elle le lui met sous le nez.

— Tu peux la toucher... c'est doux.

Grégoire laisse traîner ses doigts sur la fourrure souple.

— Qu'est-ce que vous allez en faire?

— Rodney s'est fait plein d'amis dans la fourrure ici, dans le *Vieux*. Un des fourreurs va me faire des cache-oreilles pour l'hiver. Ça va être chic, pas pour rire!

— S'il en reste un petit bout, vous me le gardez? supplie Grégoire. On ne sait jamais, un jour, j'irai peut-être à la chasse. Rappelez-vous ce qu'ont dit les chanteurs innuat au sujet du talisman.

— Mais en attendant la saison de chasse ou l'hiver, dit Marie, je pense qu'on pourrait aller faire un petit tour rue Bonsecours. Il y a de vieux murs là-bas qui n'attendent qu'une chose: se faire écouter! Qui sait ce qu'on pourrait entendre encore!

— Ah! moi, j'ai mieux à te proposer, dit Grégoire. Autre chose à écouter…

— Quoi donc? demande Marie.

— Gus, l'ami de ma mère, a obtenu des billets pour un fameux concert durant le festival de Jazz cette semaine. Trois contrebassistes ensemble: Charlie Haden, Michel Donato et en plus, un français venu exprès: Henri Texier. Du jamais vu. Tu te rends compte! Et ma mère t'invite, Marie. Tu viendras souper à la maison avant d'aller au Monument National avec nous…

— Et moi, je vous conduirai en calèche, ajoute Rodney. Parce que moi, j'assiste surtout aux concerts en plein air. C'est meilleur pour la santé!

Table des matières

Imprimé sur du papier 100 % postconsommation, traité sans chlore, accrédité Éco-Logo et fait à partir de biogaz.

Achevé d'imprimer
sur les presses de Marquis Imprimeur
en juin 2006